Lea
8,5 Jahre
COMPUTER-
EXPERTIN
Jana
Rubin
Sam
6 Jahre
PLATINEN
ELEKTRONIK

Die **lila** markierten Wörter erklärt dir der Roboter Moto-5 auf Seite 75 noch mal genauer. Und wenn du das Buch ganz gelesen hast, bekommst du am Ende eine tolle Urkunde!

Die Robot Kids

Rettung von MOTO-5

Text von Bernd und Hannah Flessner

Mit Bildern von Timo Grubing

CARLSEN

Inhalt

Endlich Sommerferien!

„Hurra, es sind Sommerferien!“,
freut sich Alex.
Eigentlich heißt er Alexander Rubin.
Er spricht mit seinem Freund Milo.
Beide Jungs sind achteinhalb Jahre alt,
oder – wie Alex’ Mutter es nennt:
„Halb neun Jahre alt!“

„Aber die erste Woche ist schon vorbei.
Viel haben wir noch nicht gemacht.“
Milo putzt sich gelangweilt die Brille.

Die Freunde blicken sich in die Augen.
Alex fährt sich mit der Hand durchs Haar.
Es ist ein warmer Tag.
Sie haben es sich bei Alex
auf der Terrasse bequem gemacht.

Alex trägt bei jedem Wetter
seinen roten Lieblingspulli.

„Also, was tun wir?“, fragt Milo.

„Wir gehen zu Lea“, antwortet Alex.

„Sie hat immer eine gute Idee.“

„Sie wollte mal auf dem Pausenhof Tomaten pflanzen“, grinst Milo.

Daran erinnert sich Alex auch noch.

Die Entscheidung ist gefallen.
Sie verlassen die Terrasse der Rubins
und spazieren an dem kleinen Stadtpark
vorbei in die Konrad-Zuse-Straße.
Am roten Haus klingelt Alex.
Die Tür wird geöffnet.
Leas Mutter lächelt sie an.

Lea geht in dieselbe Klasse
wie Alex und Miro.
Sie trägt einen Pferdeschwanz
und grinst die beiden Jungen an.
„Kommt rein“, freut sich Lea.
„Ich habe da so eine Ahnung,
warum ihr gekommen seid.“
Die beiden Freunde folgen ihr
in die Wohnung.

Sie nehmen in Leas Zimmer
auf dicken Sitzkissen Platz.
Überall in den Regalen stehen Pokale.
Lea ist ein sehr sportliches Mädchen.

Sie spielt schon seit Jahren Tennis,

ist aber auch beim Fußball
eine super Verteidigerin.

Auf zu Tante Jana

Lea lacht.

14 „Klar! Wir könnten doch in die Zoohandlung gehen und die Hamster befreien.“

„Wir haben eher an was anderes gedacht“, entgegnet Milo. „Etwas ohne Ärger.“

Für eine Weile schweigen die drei.
Plötzlich reißt Lea ihre Augen auf.
„Wir waren lange nicht mehr
bei deiner Tante. Die hat bestimmt
neue Roboter bekommen!“

„Wir gehen sofort“, schlägt Milo vor.
„Milo hat wie immer recht“, sagt Lea.
„Aber ich muss Sam mitnehmen.“

Die beiden Jungen machen ein Gesicht,
als ob sie eine Sechs
in Mathe bekommen hätten.

„Das ist nicht dein Ernst!“, stöhnt Alex.
Milo schüttelt heftig den Kopf.
„Mama hat gesagt, ich muss sie
mitnehmen“, erklärt Lea.

„Na gut“, gibt Alex nach.
In diesem Augenblick erscheint Leas Schwester.
18 Sam heißt eigentlich Samantha.
Sie ist sechs und stellt ständig Fragen.

Und ihre grüne Mütze setzt sie fast nie ab.

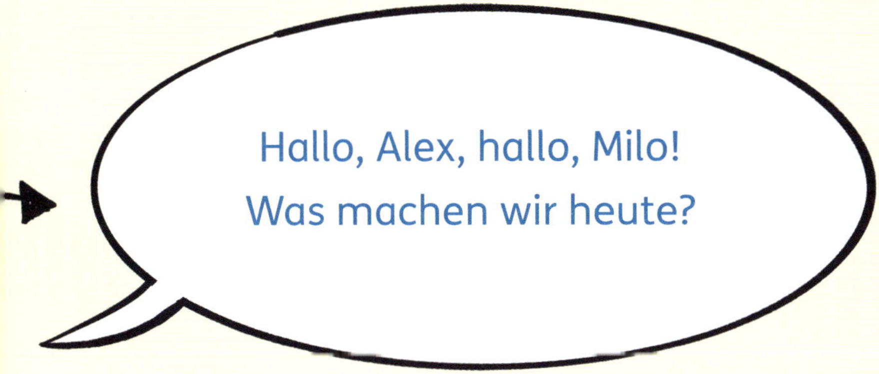

„Wir gehen zu meiner Tante Jana.
Aber fass nicht wieder alles an!“, sagt Alex.
Die Freunde machen sich auf den Weg.

Das Roboter-Labor

Jana Rubin ist die Leiterin des **Roboterlabor**s. Hier werden verschiedene Roboter getestet. Dazu gehören Industrieroboter, Pflegeroboter oder auch Mähroboter. Alex und seine Freunde hoffen daher, dass Jana neue Tests durchführen muss. Das Institut liegt außerhalb der Stadt. Daher nehmen sie die Straßenbahn bis zur Endhaltestelle.

Auf der Fahrt denkt Alex daran,
dass er gerne einen Roboter hätte.
Seine Eltern mögen Roboter nicht.
Sie finden sie unheimlich.
Besonders seine Mutter.
Alex findet Onkel Norbert unheimlich.
Er kann vier Kuchenstücke
auf einmal essen.
„Wir sind da“, sagt Lea.
Alex nickt.
Er denkt an Roboter.

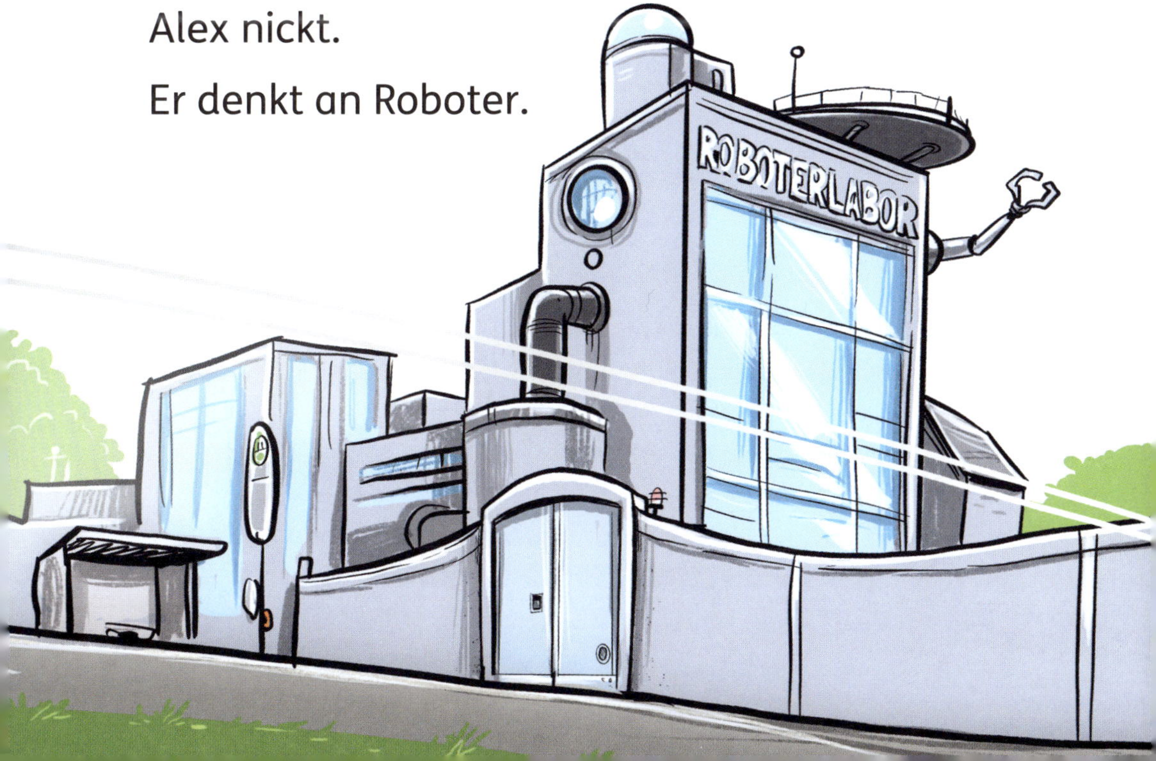

Das Labor ist nicht weit
von der Haltestelle entfernt.
Ein kleiner Weg führt zum Eingang.

Alex geht zu der Sprechanlage.
Sie befindet sich an einem großen Tor.

Das große Tor öffnet sich
und die vier betreten das Gelände.

An einer Tür wartet bereits Jana auf sie.
Sie ist die Schwester von Alex’ Mama.
„Hallo, ihr Lieben“, begrüßt sie die Kinder.

„Das ist ja eine Überraschung!
Wollt ihr schauen, was es Neues gibt?“

Die Kinder folgen der Forscherin.
Alle gehen in das große Gebäude.
Hier gibt es viele Flure und Türen.
Sie kommen in einen großen Laborraum.

In der Mitte steht ein Käfer,
der ist fast so groß wie ein Auto.
„Ein Monster vom Mars!“, erschrickt Sam.
Beeindruckt starrt sie das Ding an.
„Ein Roboter mit sechs Beinen“, erklärt Milo.
„Wozu ist er da?“, fragt Lea.
„Das ist ein **Feuerlöschroboter** für den Wald“,
erklärt Jana.
„Er spürt Brände auf und kann sie löschen.“

In diesem Moment
benötigen zwei Mitarbeiter Hilfe.
Tante Jana muss sich um einen
Roboter kümmern. 27
„Wartet bitte draußen“, sagt sie.
„Solche Käfer habe ich noch nie gesehen!“,
meint Milo.
„Den möchte ich beim Löschen erleben.“
„Ich auch“, stimmt Sam zu.

Der Fund im Schrott

Am Ende des Labors
befindet sich ein kleiner Lagerraum.
Dort warten beschädigte Roboter
auf ihren Abtransport.
„Dürfen wir das denn?“, fragt Milo.
„Klar“, antwortet Alex.
Er öffnet die Tür.
Doch der Raum ist fast leer.
Nur ein Roboter liegt auf dem Boden.
Es ist ein **humanoider Roboter**.

Der Roboter ist etwas größer als Alex.
Die Kinder umrunden ihn.
„Der sieht nicht kaputt aus“, meint Lea.
„Oder könnt ihr etwas entdecken?“
„Nein, nichts zu erkennen“, antwortet Milo.
„Der ist bestimmt noch gut“,
nickt Sam. „Er glänzt wie neu.“
„Ein toller Roboter“, meint auch Alex.
„So einen hätte ich gerne.“
„Vielleicht kann man ihn noch reparieren?“,
gibt Lea zu bedenken.

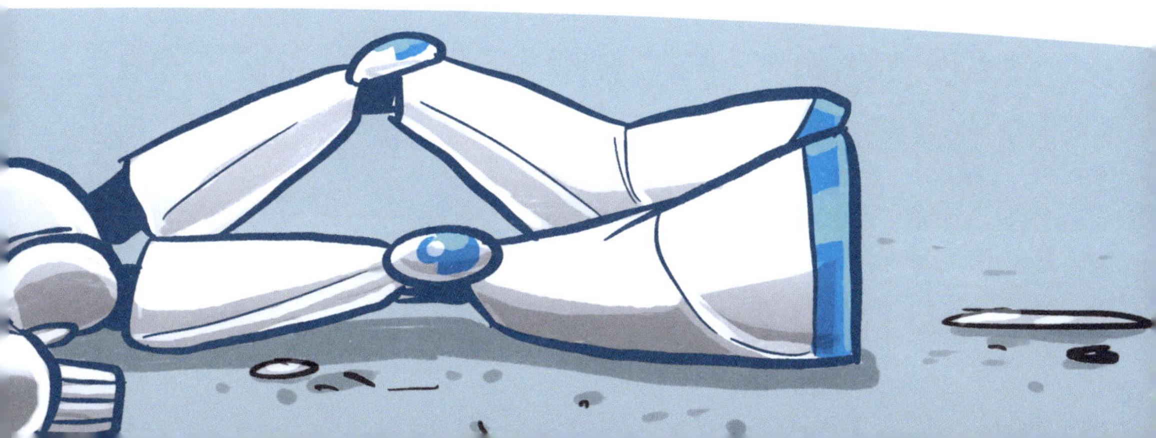

„Ich habe eine Idee“, ruft Alex. „Ich frage meine Tante, ob wir ihn haben können!“

„Aber der ist doch kaputt“, sagt Milo. Plötzlich kommt Tante Jana herein.

„Dann führe ich euch mal weiter herum“,
sagt Jana zu den Kindern.
Alex rührt sich nicht vom Fleck.
„Alex? Kommst du?“, fragt seine Tante.

Alex ist mutig!

Alex nimmt all seinen Mut zusammen.

„Ich würde den Roboter
gerne mit nach Hause nehmen“,
sagt er und sieht seine Tante an.
„Vielleicht kann ich ihn reparieren?“
Tanta Jana mustert ihren Neffen.
Lea, Sam und Milo
sehen durch die offene Tür.
„Mama müssen wir vorher vielleicht
einen Beruhigungstee machen“, grinst Alex.
Er versucht dabei ganz cool zu wirken.

Du meinst, du kannst den Roboter reparieren?
Wir helfen dir dabei!
Das schaffen wir!
Ja!!
Was machen wir überhaupt?

„Na schön“, gibt Tante Jana nach.
Sie weiß, dass sich Alex
den Roboter wünscht.

„Ich schlage dir eine Abmachung vor“,
sagt sie zu Alex.
„Wenn du den Roboter
mithilfe deiner Freunde reparierst,
dann gehört er dir.“
„Und was ist, wenn nicht?“, fragt Milo.
„Dann muss Alex ihn zurückgeben“,
sagt Jana ganz ernst.
„Am Montag teste ich die Löschroboter.
Bringt dann den reparierten Roboter mit.“
„Geht klar. Danke!“, strahlt Alex.

„Übrigens: Er heißt Moto-5.
Er wurde als **Serviceroboter** entwickelt“,
erklärt Jana den Kindern.
„Cool! Kann Moto-5 jetzt mitkommen?“,
fragt Sam hoffnungsvoll.
„Ja, das kann er“, sagt Jana.
„Ich bin dabei!“, freut sich Alex.
„Super! Ich muss jetzt weiterarbeiten“,
sagt Jana und verabschiedet sich.

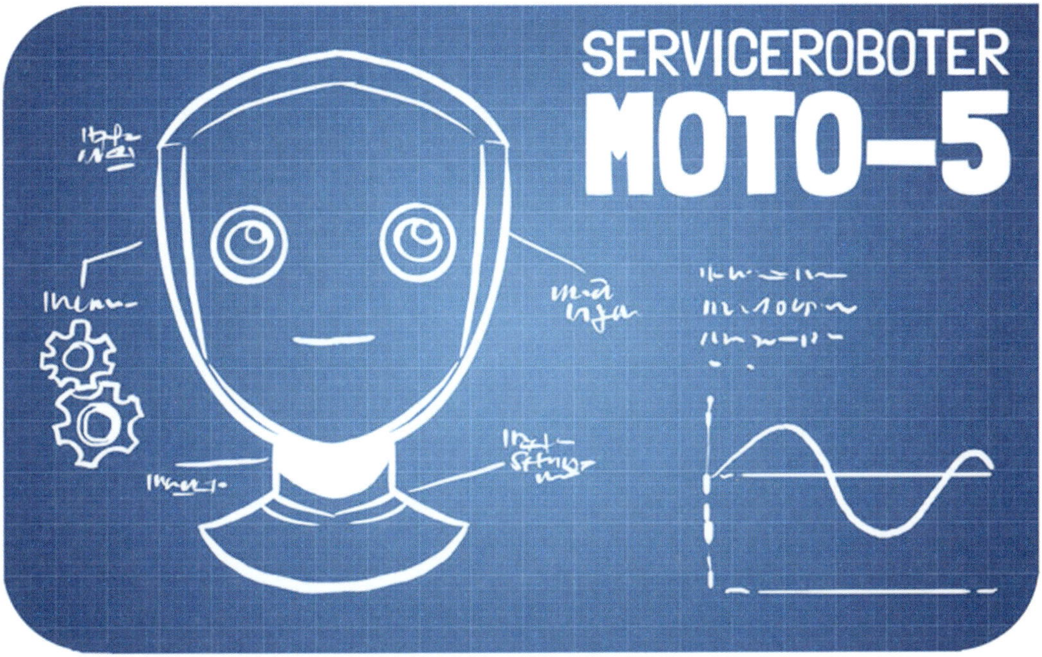

Ein Roboter in der Straßenbahn

Die Freunde bringen den Roboter
 nach draußen.
Ein paar Minuten später stehen sie
mit Moto-5 an der Haltestelle.
Sie warten auf die Straßenbahn.

„Verdammt schwer“, stellt Alex fest.
Er hält Moto-5 am Arm fest.
„Wir müssen ihn gleich gemeinsam
in den Wagen heben“, schlägt Lea vor.
Die Straßenbahn nähert sich.

Die Kinder bringen ihre ganze Kraft auf
und heben den Roboter in die Straßenbahn.
„Wir sind echt stark!“, ruft Sam beeindruckt.
Jetzt brauchen sie noch Fahrkarten.
„Viermal Turingstraße“,
sagt Milo.

Der Mann blickt in die Gesichter der Kinder.
Sein Blick bleibt an Moto-5 hängen.
„Und was ist mit dem da?“, fragt er.
„Das ist ein Roboter“, antwortet Lea.
„Ihr meint wohl ein Roboterkostüm“,
entgegnet der Mann unfreundlich.
„Nein, ein echter Roboter“, sagt Alex.
„Dann also vier“, brummt der Mann.

Auf dem ganzen Weg werden sie von den Fahrgästen angestarrt. Fast als wären sie Marsmenschen.

Das ändert sich auch nicht, bis sie bei der Garage von Alex' Haus ankommen. „So ungewöhnlich sind Roboter doch gar nicht mehr", wundert sich Lea. „Im Museum oder im Baumarkt arbeiten doch längst Roboter."

„Aber die sind nicht mit Kindern unterwegs“,
sagt Milo und lacht.
„Ein Roboter für Kinder ist cool“,
lacht auch Sam.

„Stimmt auch wieder“, meint Lea.
„Was stimmt?“, ertönt plötzlich eine Stimme.
Es ist die von Alex’ Mutter.
Sie ist in der Einfahrt erschienen.
„Alles“, antwortet Alex.
„Das glaube ich nicht“, meint seine Mutter.

„Sie hat ihn uns gegeben“, erwidert Alex.

„Wir reparieren ihn“, strahlt Sam.

„Ihr?“ Die Mutter schüttelt den Kopf.

 „Könnt ihr das denn?“

„Das will ich sehen“,
sagt in diesem Augenblick Alex’ Vater.
Er ist gerade nach Hause gekommen.
„Aber ich nicht“, merkt Alex’ Mutter an.

Was fehlt dem Roboter?

Alex ist mit der Antwort zufrieden.
44 Um den Roboter zu reparieren,
würde es reichen.
Jetzt bringen sie ihn in die Garage.
Dort setzen sie Moto-5
auf einen Klappstuhl.
Alle untersuchen ihn gründlich.
„Was fehlt denn dem Roboter?“, fragt Sam.
„Ist er vielleicht müde? Mir hilft es dann,
wenn ich früher ins Bett gehe.“
„Der Akku scheint sich nicht aufzuladen.
Er ist kaputt“, vermutet Alex.
„Unser Roboter hat also keine Energie?“,
fragt Lea und Alex nickt.

„Aber woher bekommen wir schnell einen neuen Akku?“, fragt Milo. Alex starrt auf den unbeweglichen Roboterkörper. Plötzlich jubelt er.

„Ich rufe meinen großen Bruder Kai an“, antwortet Alex.
„Seine Freundin arbeitet bei einer Firma, die Akkus für Autos herstellt.
Vielleicht haben die etwas Passendes.
Bin gleich wieder da!“
Nach zehn Minuten kommt Alex breit grinsend wieder in die Garage.
„Und?“, fragt Milo aufgeregt.

„Kann ich auch Pizza haben?“, fragt Sam.
Schon knurrt ihr Magen.
„Eine Käse-Pizza ganz für mich allein, bitte.“
„Ich habe auch Hunger!“, gibt Milo zu.
„Pizza für alle! Ich frage Papa“, sagt Alex.
„Na, dann los“, freut sich Lea.

Kaum haben sie die Pizza gegessen, erscheinen Kai und seine Freundin Samira. Sie hält einen großen Karton in den Händen.

48 „Hallo, zusammen!“, begrüßt sie die Freunde.

Kai bestaunt den Roboter.

„Lasst mich mal sehen“, sagt Samira.

Sie besieht sich den kaputten Akku.

„Ich habe gleich ein paar dabei. Einer passt bestimmt.“

Sie zieht einen Akku heraus und schiebt ihn in ein Fach des Roboters.

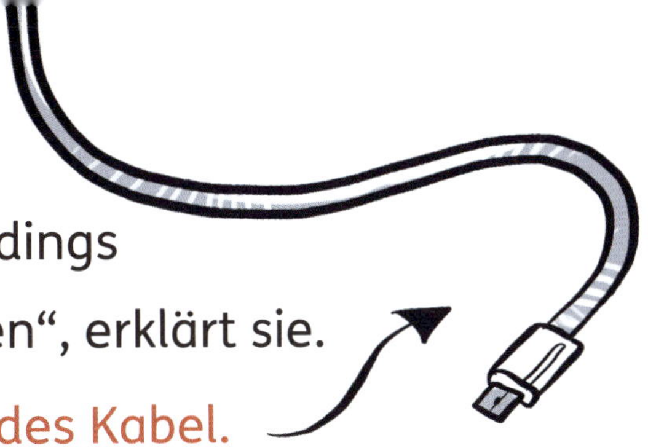

„Du musst ihn allerdings regelmäßig aufladen“, erklärt sie. „Hier ist ein passendes Kabel. Ist so ähnlich wie bei deinem **Smartphone**.“

Nachdem Kai und Samira gegangen sind, sehen sich die Freunde jede Schraube an. Mit einem Hammer und einer Zange bringt Lea ein Stück Blech wieder in Form.

An die Arbeit!

Milo gibt noch Öl auf die Gelenke.

Alex repariert die Abdeckung für das Akkufach.

Gemeinsam polieren sie dann noch das Blech des Roboters.

Nach zwei Stunden sind sie fertig.

Sam ist inzwischen auf dem Sofa eingeschlafen.

„Okay“, schnauft Lea.

„Wir können den Roboter jetzt starten, also hochfahren.“

„Gut“, sagt Alex aufgeregt.

„Ich drücke jetzt den Knopf auf dem Rücken des Roboters“, sagt Alex.
„Sam, Achtung, es geht los!“, ruft Lea.
Alex findet mit zittrigem Finger den Knopf und drückt ihn fest.
Er hält den Atem an, die Spannung ist kaum auszuhalten.
Plötzlich kommt Bewegung in den Roboter.
Er scheint zu zittern und ein kurzes Pfeifen ist zu hören.

Dann leuchten plötzlich
die Augen des Roboters blau auf.
„Hoffentlich funktioniert er“, seufzt Milo.

„Sonst müssen wir ihn wieder
zurückbringen“, sagt Alex.
„Ihr habt es ja gehört.“
Gebannt starren die Freunde
auf den Roboter in dem Klappstuhl.
„Hallo? Moto-5?“, fragt Alex.
Der Roboter dreht langsam den Kopf
und blickt in Alex’ Richtung.

Er besitzt eine fast menschliche Stimme.

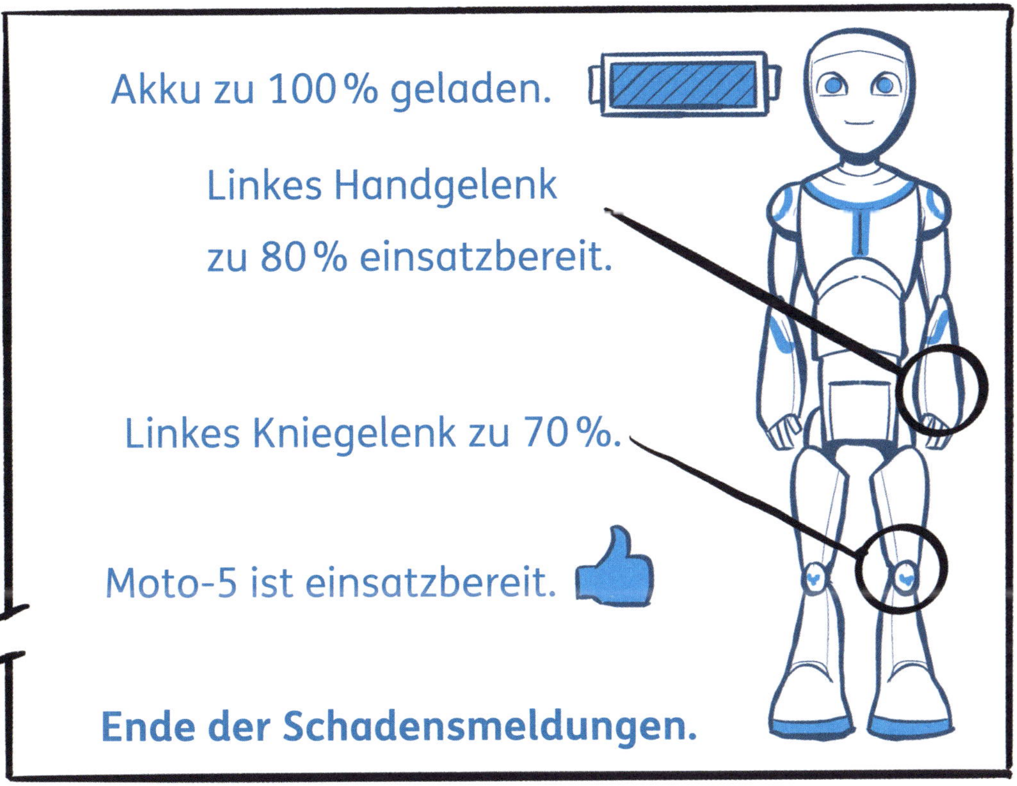

„Das sieht gar nicht so schlecht aus“, meint Alex und lächelt.

„Ob er tatsächlich läuft,
werden wir gleich feststellen“, sagt Milo.
„Steh auf, Moto-5!“

„Aufstehen“, wiederholt der Roboter.
Er fängt an, seinen Körper zu bewegen.
Aber er bleibt im Stuhl sitzen.
„Das sieht jetzt doch schlecht aus“,
stellt Alex fest.
„Warte doch ab!“, ermahnt ihn Lea.
„Aufstehen“, wiederholt der Roboter.
Dann richtet er seinen Oberkörper auf.
„Weiter!“, macht ihm Sam Mut.
„Weiter“, wiederholt Moto-5
und steht von dem Stuhl auf.
„Nein!“, ruft Lea, denn fast wäre der
Roboter vornüber umgefallen.

Fantastisch! Er hat es tatsächlich geschafft!

Der erste Auftrag

„Moto-5 ist jetzt einsatzbereit“,

meldet der Roboter.
„Welchen Auftrag soll ich ausführen?“
„Verlasse die Garage und kehre zurück!“,
sagt Alex.
„Auftrag wird ausgeführt“,
bestätigt der Roboter.
Er dreht seinen Kopf
nach allen Seiten.

Was soll das denn?
Er orientiert sich.
Er misst die Entfernungen und sucht nach Hindernissen.

Moto-5 setzt sich in Bewegung.
Die ersten Schritte wirken noch
etwas unbeholfen.
58 Er umrundet einen großen Karton,
der im Weg steht.
Dann geht er zum Gartentor.
Hier dreht er sich um
und kehrt ohne Probleme zurück.

Auftrag ausgeführt.
JAAAA!!

Am darauffolgenden Montag ist es so weit. Tante Jana würde heute den Roboter testen. Die Kinder öffnen die Garage. Dann schalten sie Moto-5 ein. Ohne Mühe erhebt er sich aus dem Klappstuhl. „Moto-5. Begleite uns zur Straßenbahn!“, erteilt Alex den Befehl.

Die Kinder entscheiden sich dafür,
nebeneinander zu gehen.
Sie nehmen Moto-5 in ihre Mitte.
Der Roboter quietscht leise
und verliert ein paar Tropfen Öl.
Er kommt aber ohne Mühe mit.
Die Fußgänger machen große Augen.
Ein älterer Mann drückt sich
ängstlich an eine Plakatwand.
Die Kinder aber strahlen.

„Fünfmal Waldweg“,
sagt Milo.

Der Mann blickt auf Moto-5.
„Und was ist mit dem da?“, fragt er.
„Das ist doch kein Mensch.“
„Stimmt“, sagt Milo.
„Also viermal.“
Alex hat seiner Tante Bescheid gesagt.
Sie sind bereit.

Jana steht bereits am großen Tor.
Die Freunde laufen vor Moto-5,
damit Jana ihn nicht sofort ganz sieht.
Dann tritt der Roboter aus ihrer Mitte.
Alex hat am Wochenende geübt,
um besser mit ihm umgehen zu können.

Jetzt wird er merken,
ob seine Bemühungen ausgereicht haben.
Und die Arbeit seiner Freunde.
64 Er möchte Moto-5 auf jeden Fall behalten.
„Hallo, ihr vier – oder: ihr fünf?“,
begrüßt sie Tante Jana.

Alex sieht Milo an.
Der zwinkert ihm ermutigend zu.
„Was soll er tun?“, sagt Alex zu Jana.
Die Roboter-Expertin überlegt kurz.
„Moto-5 soll zum Parkplatz gehen.
Gestern Abend ist dort durch den Sturm
ein Container umgeweht.
Euer Roboter soll ihn wieder hinstellen
und von dort zu uns zurückrennen“,
gibt Jana die Aufgabe bekannt.
„Er soll rennen?“, fragt Milo nervös.
„Er hat einen Versuch“, betont Jana.

Abgemacht ist abgemacht!

Alle Kinder wünschen dem Roboter

so viel Glück, wie sie nur können.

Moto-5 setzt sich in Bewegung.

Inzwischen kann er seine Umgebung

gut wahrnehmen.

Er läuft problemlos zu dem Parkplatz.

Auch den Container findet er sofort.

Er packt zu und stemmt ihn nach oben.

Die Kinder jubeln.

Der Container bleibt mit einem Knall aufrecht stehen.
Der erste Teil der Aufgabe ist geschafft.
Alex fürchtet sich vor Teil zwei.
Das Rennen wird schwer werden.

Sie haben das linke Knie
des Roboters etwas verstärkt.
Aber es funktioniert immer noch nicht
 so gut wie das andere.
Wird Moto-5 die Strecke schaffen?
Der Roboter rennt los.

Erst sieht es ganz gut aus,

doch dann beginnt das Knie zu quietschen.

Man hört es über den Platz.

Milo hält den Atem an.

Sam zieht sich die Mütze über die Augen.

Lea kann gar nicht hinsehen.

Das Quietschen wird lauter.

Der Roboter lehnt sich auf die Seite.

Gleich wird das Knie nachgeben.

Die letzten Meter stehen an. Alex kann es nicht glauben. Geschafft! Moto-5 stoppt punktgenau vor den strahlenden Kindern. Tante Jana nickt anerkennend.

Alex lächelt.

Dann sieht er ängstlich zu seiner Tante.

„Klasse! Habt ihr mit ihm geübt, Alex?“,
fragt Jana ihren Neffen.

„Ja, und wie! – Und?“, fragt Alex.

Strahlend ziehen die Kinder mit Moto-5 davon.

„Jetzt sind wir die Robot-Kids!“, ruft Milo.

Und es sieht fast so aus, als würde Moto-5 lächeln.

Hurra! Du hast es geschafft!

HERZLICHEN GLÜCKWUNSCH!

URKUNDE

____
(Name)

hat dieses spannende Buch

RETTUNG VON MOTO-5

bis zum Ende gelesen.

______________ (Datum)

______________________ (Unterschrift)

CARLSEN

Seite hier heraustrennen

Moto-5 erklärt

Akku: wie eine Batterie, die man immer wieder aufladen kann

Feuerlöschroboter: Sie sehen aus wie große Käfer und werden in Waldgebieten eingesetzt. Sie erkennen Rauch und können Feuer bekämpfen.

humanoider Roboter: ein Roboter in Gestalt eines Menschen

Roboterlabor: Hier werden Roboter unterschiedlicher Firmen getestet, bevor sie im Alltag eingesetzt werden dürfen.

Serviceroboter: kann Tätigkeiten von einem Menschen übernehmen

Smartphone: ein Handy, das Funktionen wie ein Computer hat

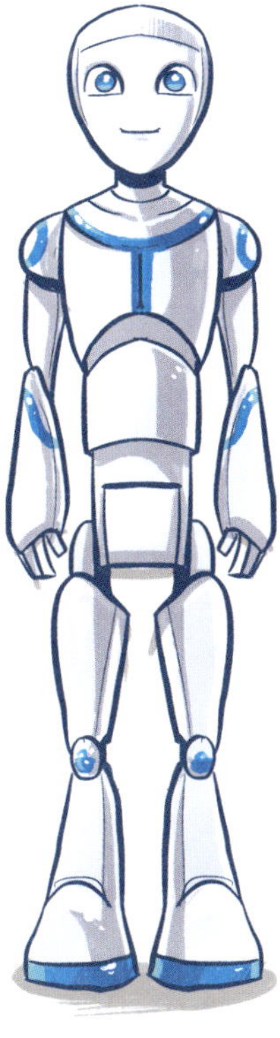

Bernd und Hannah Flessner schreiben schon seit vielen Jahren erfolgreich Bücher. Das Vater-Tochter-Duo kennt sich bestens aus mit technischen Themen – wie zum Beispiel Robotern und Raumfahrt – und ist auf Zukunftsforschung spezialisiert.

Timo Grubing liebt es, Bücher mit seinen großartigen Bildern zu bereichern. Dabei arbeitet er sowohl mit richtigen Stiften als auch am Computer.

MIX
Papier | Fördert gute Waldnutzung
FSC www.fsc.org FSC® C002795

Wir produzieren nachhaltig
• Klimaneutrales Produkt
• Papiere aus nachhaltigen und kontrollierten Quellen
• Hergestellt in Deutschland

Völckersstraße 14–20, 22765 Hamburg
Umschlag- und Innenillustrationen: Timo Grubing
Lektorat: Constanze Steindamm
Satz und Herstellung: Derya Yildirim, Gunta Lauck
Lithografie: ReproTechnik Fromme, Hamburg
ISBN 978-3-551-69020-3
www.carlsen.de

EINFACH LESEN LERNEN

HAST DU SCHON ALLE?

KÄPTEN MATZ: ... UND DER RIESEN-STRUDEL
ISBN 978-3-551-69039-5

BITTE NICHT ÖFFNEN, SONST ... 1: YETI-RITTER-SCHNEEGEWITTER
ISBN 978-3-551-69043-2

IM LICHT DER ZAUBERKUGEL: DER DSCHUHA UND DER ESELRITT
ISBN 978-3-551-69031-9

BOBBY UND BOSS: HEIMLICH BESTE FREUNDE
ISBN 978-3-551-69016-6

DIE SCHULE DER MAGISCHEN TIERE ERMITTELT 5: DER GURKENSCHURKE
ISBN 978-3-551-65595-0

CONNI UND DIE FREUNDSCHAFTSSTERNE
ISBN 978-3-551-69068-5

DAS KLEINE WIR IN DER 1. KLASSE
ISBN 978-3-551-69026-5

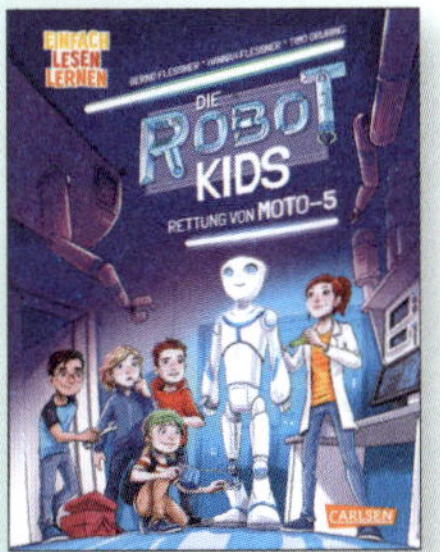

DIE ROBOT-KIDS 1: RETTUNG VON MOTO-5
ISBN 978-3-551-69020-3

ACHTUNG!: STEILER SCHULWEG
ISBN 978-3-551-69028-9

WWW.CARLSEN.DE

CARLSEN

Die Robot-Kids wünschen sich noch einen weiteren Roboter.